ENFANCES

Nouvelles

Ralphanie Mwana Kongo

ENFANCES

Nouvelles

Publication 2017

Edition : Ralphanie Mwana Kongo – Seine et Marne

Achevé d'imprimer en novembre 2017

Dépôt légal : novembre 2017

ISBN n° 978-2-9562738-2-0

Mise en page et distribution du livre :
www.ebook-creation.fr

Entre père et mère

Brazzaville.

J'ai été heureuse jusqu'à l'âge de six ans, après cela je n'ai plus connu le bonheur et la pleine sérénité qu'il procure. J'étais heureuse et je l'ignorais ; ce n'est qu'une fois que le soleil vous a fui, quand jamais plus il n'apparaît dans votre vie que vous réalisez combien il a brillé et de quel éclat il a illuminé vos journées ; vous y repensez, mais tout cela est loin, inaccessible et perdu.

Dans mes souvenirs de ces années d'autrefois où ma joie était entière et ma félicité parfaite, il y a mon père et il y a moi, nous habitons Brazzaville. Le monde se résume à nous deux, à l'adoration que je voue à cet homme, aux sourires qu'il m'adresse, à ses bras forts qui m'accueillent et se referment sur moi. Je ne suis pas son unique enfant, non, juste la plus jeune. Celle qu'il cajole et gâte, celle à qui il pardonne tout. Mon père me trouve bien capricieuse par moments mais il m'aime et cède à toutes mes lubies. Mes grands frères, eux aussi, me traitent en princesse, ils se servent de moi pour obtenir les faveurs de papa : « Demande-lui de nous laisser regarder la télé ! », « Dis à papa de nous emmener à la foire, hein, dis-lui ! »

Je suis la seule femme de la maison. Ma mère est partie, j'ignore pourquoi et je n'ai pas le souvenir qu'elle m'ait manqué une seule fois. Peut-être parce qu'il n'y avait chez elle aucun témoignage d'affection, ni une tendresse mémorable pour l'enfant que je suis. Ma maman est partie comme l'ont fait avant elle, la mère d'Aubin puis celle de Fabrice et de Roland.

Parfois papa m'emmène voir une amie à lui. Ce n'est jamais la même à chaque fois, mais elles sont toutes très jolies et m'offrent des friandises. Un jour, il annonce qu'une gentille dame viendra vivre avec nous. J'accueille cette nouvelle avec une grande appréhension. Mes craintes se renforcent quand le lendemain une femme au ventre rond débarque avec une malle et des valises. Je le vis comme une invasion, une violation de mon territoire.

La nouvelle maman s'appelle Mireille. Elle a le teint clair et de grands yeux intimidants. Nous l'aimons tout de suite car elle fait de délicieux gâteaux et des glaces que ses belles mains aux ongles colorés emballent dans des petits sachets. Roland et moi sommes les plus gourmands des enfants, on se gave de toutes ces bonnes choses, on rit et parle la bouche pleine. Maman Mireille est gentille, elle m'apprend à tricoter. Je la regarde avec intérêt confectionner des chaussons pour le futur bébé.

*

J'ai bientôt sept ans. Ma petite sœur est née. Elle a les cheveux épais et les joues rondes. Mon père n'a d'yeux que pour elle. Il la porte dans ses bras, l'embrasse et lui parle gentiment. Il ne me voit plus. Il... Il ne m'aime plus. J'ai cessé d'exister à l'instant où cette petite chose braillarde a fait sa tapageuse apparition dans nos vies. Pour la première fois je me sens seule et abandonnée ; une infinie tristesse m'habite, elle ne me quittera plus. Ce n'est pas uniquement le fait d'avoir perdu ma couronne de petite princesse qui me chagrine alors, mais également la compréhension de plus en plus nette que j'ai des choses. Mon père m'apparaît sous un nouveau jour, avec des failles et une multitude d'imperfections. Il rentre tard, se chamaille avec maman Mireille ; leurs disputes sont vives. Je me bouche les oreilles avec mes mains, et chante à voix haute en secouant la tête pour ne pas les entendre.

Un dimanche matin alors que mon père n'est pas rentré de la nuit, maman Mireille fait ses valises. Elle dit que papa est un « voyou » ; je ne comprends pas bien ce mot mais mon esprit en saisit toute la gravité quand je la vois partir. En pleurs, je la supplie de m'emmener tandis qu'elle monte dans un taxi avec ma petite sœur qui vient d'avoir un an. Je me cramponne à la portière du véhicule. Aubin, mon frère aîné, m'attrape par les bras ; je me débats en hurlant, parviens à me libérer et cours désespérément après le taxi qui est déjà bien loin.

Les jours passent, les semaines, les mois. Une autre femme est arrivée, un nouveau bébé va naître.

Il s'est produit une chose extraordinaire : ma maman, ma VRAIE maman, est venue. Je ne l'avais pas vue depuis longtemps. Elle m'a paru beaucoup plus belle que dans mon souvenir. J'étais tout intimidée, j'ai gardé la tête baissée et un doigt dans la bouche, et n'ai répondu que par des « oui » et des « non » aux questions qu'elle me posait. Ma maman habite en Belgique à présent, elle a semblé surprise que je ne le sache pas. Mon père ne m'avait rien dit, il ne me parle jamais d'elle et refuse que j'aille en vacances à Dolisie où résident mes oncles et tantes maternels. « Des sauvages » qu'il les appelle papa. « Famille d'ivrognes et d'attardés mentaux » qu'il dit.

Maman m'a apporté trois jolies robes, mais pas de chaussures parce qu'elle ne connaissait pas ma pointure et craignait de prendre une taille trop petite. Au moment de s'en aller, elle m'a chuchoté que j'allais bientôt la rejoindre en Belgique et vivre à ses côtés. J'étais contente et je l'ai répété plus tard à papa. Ça l'a mis très en colère : « Je ne la laisserai pas l'emmener, je ne lui donnerai pas ma fille ! Elle ne s'en est jamais souciée. Mais qu'est-ce qu'elle croit, qu'elle peut débarquer comme ça et exiger de me prendre mon enfant ? »

*

J'ai onze ans et demi. À l'école on me surnomme « Émoro »[1] à cause de ma petite taille. « Je n'ai pas fini de grandir, vous êtes bêtes ! » que je rétorque à ces imbéciles. Fifi, mon ancienne meilleure amie, s'est elle aussi moquée de moi l'autre jour. Je ne lui parle plus.

Papa dit que je « n'aime pas les gens » parce que je reste enfermée dans la chambre les jours où il n'y a pas classe. Il se trompe. Ce n'est pas les gens que je n'aime pas, mais lui. Lui et ses mensonges, et ses promesses non

---

[1] Émoro : *Danseur Congolais (RDC) de petite taille très populaire dans les années 90.*

tenues. Lui et ses femmes qu'il change sans arrêt. Pourquoi ne peut-on pas vivre comme des gens normaux, avec la même mère tout le temps ? Pourquoi ?

Je veux partir d'ici, quitter cette maison, m'en aller loin et ne plus les voir tous. Et bientôt je m'en irai. Très bientôt. Ma mère a enfin pu obtenir tous les papiers nécessaires pour que je la rejoigne à Bruxelles. La dame qui m'apporte ses lettres, viendra me chercher à l'école quand la date de mon voyage sera arrêtée. Je prendrai l'avion le soir même. C'est un secret. Mon père n'est au courant de rien.

Bruxelles.

Cela fait huit hivers que je suis à Bruxelles. Le bonheur, celui d'avant mes sept ans, n'est pas revenu. J'ai tendu les bras tant de fois et dit au vent « Fais-moi sourire de nouveau, redonne-moi ma gaieté d'antan ! » mais il s'est moqué de moi. Je me gave de bonbons, de chips et de soda pour combler le vide dans ma poitrine. Tous les soirs, dans un calepin à la jolie couverture dorée, j'écris l'ennui et la mélancolie.

Ma mère me trouve trop grosse et dit que je ressemble à un catcheur obèse dans mes tee-shirts moulants et mes jeans serrés. Elle dit encore un tas d'autres vacheries qui ne me mettent plus en colère et ne me font plus pleurer. Je me suis endurcie avec le temps, à force de vivre à ses côtés et de subir ses critiques acerbes, les injures et humiliations publiques dont elle m'a si souvent gratifiée. J'ai vu de la joie malsaine dans ses yeux, un jour où j'étouffais des sanglots causés par la violence de ses mots. J'ai juré à cet instant-là, qu'elle ne me ferait plus pleurer, que jamais plus je ne la laisserai m'atteindre et me heurter.

Ma mère m'en veut à cause de mon père, cet homme que j'aimerais revoir et avec lequel je n'ai vraiment rétabli le contact qu'au cours de ces deux dernières années. À mon arrivée à Bruxelles, maman m'avait demandé de l'oublier.

– Ton papa m'a beaucoup fait souffrir, me répétait-elle. Il a fait la cour à toutes mes copines, il a même entretenu une relation avec une voisine. Il m'a fait du mal. Je ne veux pas que tu lui parles !

Je n'avais d'autre choix que de lui obéir, et puis j'en voulais trop à mon père pour bouder le plaisir de le punir. Je lui en voulais pour l'équilibre dont j'ai manqué, pour l'instabilité douloureuse d'une enfance ballottée de nouvelle « maman » en nouvelle « maman ». Toutes ces femmes qu'il ramenait, ces mères provisoires ! S'habituer, s'attacher, voir partir, recommencer. Je lui en voulais pour un tas d'autres choses encore, des choses dont il n'a pas eu conscience et que l'enfant en moi n'a pas pardonnées. Les fois où il appelait sur le vieux téléphone fixe de l'ancien appartement, je lui parlais froidement.

– C'est ta mère qui te monte la tête comme ça, hein ?

Il était furieux après elle, furieux pour ce qu'il appelait mon « enlèvement », mon départ organisé à son insu. Je lui parlais froidement jusqu'au jour où il cessa de téléphoner. J'étais une adolescente perdue qui ne demandait qu'à se construire et trouver l'apaisement.

Au fil des jours et des ans, quand la cohabitation devenait difficile avec maman, c'est dans mes souvenirs de ma vie aux côtés de mon père que je me réfugiais. Peu à peu j'ai voulu rétablir le contact ; j'ai alors adressé des lettres à papa et me suis mise à lui téléphoner, en cachette d'abord pour ne pas fâcher maman, mais elle l'a découvert et ça a été la guerre entre nous deux. Elle voulait que je sois solidaire de sa rancœur envers cet homme, que je me mette à le haïr comme elle le haïssait depuis leur séparation. Mauvaise fille ! Pourquoi je lui faisais ça ? Ne m'avait-elle pas cent fois raconté la manière dont il l'avait traitée ; ses infidélités répétées, les cadeaux somptueux offerts à des maîtresses quand elle l'épouse devait supplier pour obtenir un pagne ou une nouvelle paire de chaussures ? Elle était partie et il ne l'avait pas retenue comme aurait dû le faire un homme sincèrement amoureux de sa femme. Pire encore, il n'avait rien entrepris pour aller la chercher chez son vieil oncle où elle s'était provisoirement installée. Il s'affichait dans les bars en galante compagnie alors qu'il aurait dû se morfondre et être malheureux parce que ma mère n'était plus là.

« Ton père n'est qu'un pauvre type ! » répète-t-elle souvent.

Je crois qu'elle aime encore cet homme et qu'elle n'a pas fait le deuil de leurs amours ratés. Cela se voit ; cela s'entend à sa façon furieuse de ressasser, de revenir en permanence sur ces histoires vieilles d'il y a plus de vingt ans. Je crois qu'elle m'a prise à Brazzaville, non pas pour le bonheur de m'avoir à ses côtés, mais uniquement pour atteindre et anéantir papa, pour se venger de lui à travers moi.

Ma mère est un être amer qui vit emmurée dans ses souvenirs et se cramponne à son statut d'ancienne épouse trompée et humiliée. J'aimerais tant qu'elle s'apaise, qu'elle trouve son bonheur dans le présent et qu'elle m'aime pour ce que je suis.

*

Maman a un nouveau chéri, Jean-Paul, un type qui va dans la même église qu'elle. Ils se fréquentent depuis trois mois, et tous les soirs à peu près il s'invite à l'appartement. Je n'aime pas la façon qu'il a de me regarder avec cette insistance troublante et gênante. Sa présence me met mal à l'aise.

C'est la première fois pourtant depuis huit ans que je vois ma mère si gaie, si épanouie, débarrassée de cette ride horizontale qui plisse en permanence son front et atteste de sa mauvaise humeur. Elle dit que Jean-Paul est différent de tous les hommes qu'elle a rencontrés au cours de ces dernières années. Il l'aide beaucoup (sur le plan financier notamment), elle le décrit comme un être attentif et profondément généreux. Elle est amoureuse, cela la distrait ; je ne l'ai plus en permanence sur mon dos à me dire ce que je dois faire, à me crier dessus.

Dans dix jours j'aurai dix-huit ans. Du temps de mon enfance à Brazzaville, papa organisait une sortie pour chacun de nos anniversaires. Nous revêtions mes frères et moi nos beaux habits du dimanche, contents et excités comme des puces. Il remplissait nos poches de bonbons ; nous emmenait au zoo, à la foire, à une kermesse, ou dans une grande pâtisserie du centre-ville où l'on avait le droit de commander tout ce que nos yeux gourmands convoitaient. Papa n'offrait pas de cadeau en particulier, mais cette journée célébrée dans les rires les jeux et les friandises contentait nos cœurs d'enfants ; nous nous sentions si privilégiés.

J'ai perdu cette joie et une angoisse m'habite tous les ans quand se rapproche la date de mon anniversaire. Ce n'est plus qu'un triste évènement qui me rappelle qu'un jour mes parents ont eu l'illusion de s'aimer et la bêtise de faire un enfant. Pourquoi doit-on fêter son anniversaire ? C'est absurde ! Il n'y a rien de réjouissant dans l'idée de naître et de vivre, puisque l'existence nous tourmente et nous malmène bien trop souvent.

*

J'ai aperçu Lucien hier dans la cour du Lycée, il faisait le beau au milieu d'un groupe de pimbêches habillées et maquillées comme des vedettes de cinéma. Il m'ignore ouvertement ; j'ai cessé de lui adresser la parole, blessée par la manière dont il m'a traitée et tous les mensonges qu'il a répandus sur moi. C'était la première fois que j'éprouvais des sentiments pour un garçon, et il a fallu que ce soit lui. Qu'ai-je fait de mal ? Je me pose chaque jour la question. Je voulais juste être comme toutes les jeunes filles de mon âge : avoir un petit-ami, quelqu'un avec qui rire, se tenir par la main, sortir, s'embrasser et partager des secrets.

Au début Lucien me sollicitait pour les devoirs à rendre, les exercices qu'il ne comprenait pas ou qu'il ne prenait tout simplement pas par négligence le temps de travailler. Cela me flattait qu'un garçon s'intéresse enfin à moi, qu'il me trouve intelligente. Mon cœur s'est emballé. J'ai eu tort.

Je faisais les devoirs de Lucien, je lui rédigeais ses dissertations et l'aidais à préparer ses exposés. Il a eu une bonne moyenne au cours du second trimestre, en grande partie grâce à mes efforts, grâce aux nuits que j'ai blanchies pour lui. En retour, j'espérais qu'il nourrirait une certaine reconnaissance et même une grande affection à mon endroit, et qu'il m'inviterait à sortir. C'est une torture que d'éprouver des sentiments pour quelqu'un qui se fiche pas mal de vous, voilà une chose que je ne souhaite à personne. Peut-être que si j'étais plus mince, si j'avais le teint moins foncé (l'ex copine de Lucien est une jolie métisse et il ne s'intéresse visiblement qu'aux filles à la peau très claire), et peut-être que si je m'habillais autrement qu'avec des vieux jeans et des tee-shirts usés par le lavage, m'aurait-il regardée autrement.

Lucien m'a pris ma virginité un soir où nous devions nous voir pour que je lui remette un devoir d'Anglais.

– Tu fais quoi ? m'avait-il dit au téléphone. Tu peux passer me rendre le devoir chez mes parents ?

– Et pourquoi tu ne viens pas en bas de mon immeuble le récupérer toi-même ?

– Je ne peux pas, je suis coincé à la maison avec ma petite sœur à garder.

Trop heureuse de pouvoir le voir en dehors de nos heures de cours, j'ai foncé. Ses parents habitent un petit pavillon dans un quartier tranquille tout près du stade municipal. J'ai sonné à l'interphone.

– Entre, c'est ouvert ! m'a lancé Lucien depuis le jardin où il se trouvait.

Et tandis que j'ouvrais mon sac pour lui remettre tout de suite le devoir, il m'a saisi la main à ma grande surprise et m'a entraînée dans le garage. J'étais troublée, craintive et heureuse à la fois. Mes souhaits d'une histoire d'amour avec lui se réalisaient, pensais-je.

Il s'est tout de suite mis à m'embrasser sur la bouche.

– Tes parents ne sont pas là ? lui ai-je demandé toute tremblante.

– Il n'y a personne.

– Et ta petite sœur que tu es censé garder ?

Lucien a eu un petit rire amusé. Ses doigts ont dégrafé ma chemise et déboutonné mon pantalon. Tout s'est ensuite très vite passé. Je n'ai retenu que la douleur, cette vive brûlure au milieu des cuisses ; et Lucien haletant, le visage déformé ; puis son jogging qu'il a remonté, et sa voix froide m'ordonnant de me rhabiller et de m'en aller pour ne pas que sa mère me trouve là en rentrant. Je m'attendais à ce qu'il me serre dans ses bras, qu'il me dise des mots gentils et me témoigne un peu de tendresse. C'est ainsi que les choses sont supposées se passer, n'est-ce pas, entre un garçon et sa petite-amie ?

– Mais tu m'aimes alors ? ai-je fait d'une voix désespérée.

– Hein ?

Il a écarquillé les yeux et projeté sa poitrine en arrière à la manière de quelqu'un qui vient d'entendre un propos insensé.

« Ecoute, dépêche-toi, ma mère rentre à 18H30 et il est 15 ! »

Lucien m'a raccompagnée jusqu'au portail en parlant du devoir d'Anglais, de la note qu'il espérait obtenir, et tout cela de sa voix normale comme si de rien n'était, comme si nous ne venions pas tout juste d'accomplir un acte sacré, comme si je n'avais pas perdu il y a quelques instants seulement ma virginité.

Je suis rentrée en bus pour ne pas avoir trop à marcher car la douleur était encore là. Noyée dans mes pensées, je regardais défiler les arbres et les bâtiments sans les voir. C'était donc ça qu'ils appelaient « faire l'amour » ? Je n'y avais pris aucun plaisir et j'aurais tant voulu que Lucien se montre plus gentil après ça, mais il m'avait presque fichue à la porte sans me dire ce que cet acte représentait pour lui, sans évoquer la nature de ce que serait désormais notre relation. Le lendemain au lycée, ses amis me regardaient d'une curieuse façon, avec une pointe de moquerie dans les yeux. Et quelqu'un m'a plus tard rapporté que Lucien racontait partout que je le draguais depuis des semaines, que j'insistais pour faire ses devoirs à sa place, que je m'étais invitée chez lui sans sa permission et qu'il avait refusé mes avances parce que je ne suis pas le genre de filles qui l'attire et qu'il aurait trop honte de sortir avec moi.

J'ai éprouvé de la colère, de la culpabilité et de la tristesse. Mon cœur a saigné abondamment, c'est une plaie béante et purulente, une plaie qui mettra du temps à cicatriser. Pourquoi Lucien a-t-il inventé tout cela ? Pourquoi m'a-t-il salie sans raison, moi qui l'aimais tant et qui me serais contentée d'une simple camaraderie entre nous s'il n'avait pas lui-même poussé les choses plus loin ? Pourquoi ?

Il m'évite depuis lors et n'a répondu à aucun des SMS que je lui ai adressés pour lui demander des explications. J'ai été bête, tout ceci est de ma faute. J'ai voulu acheter l'amour de ce garçon en lui rendant des services et il en a profité. Le plus dur pour moi c'est de n'avoir personne à qui parler, personne à qui m'ouvrir entièrement, et même pas une épaule sur laquelle pleurer. Cette solitude, vivre sans amie proche, et n'avoir que ce cahier dans lequel m'épancher, tout ceci me pèse lourdement. J'aimerais être quelqu'un d'autre, mais je me sens prise au piège dans ma propre vie.

*

Maman et Jean-Paul se sont violemment disputés. C'était la première fois. Elle a été fouiller dans son téléphone et a trouvé des photos le montrant en compagnie d'une autre femme. Les cris, les reproches et les injures n'ont pas tardé à fuser. Et comme toujours, dans ces moments-là, ma mère a voulu me prendre à témoin, me mêler à ses histoires que je ne veux pas savoir et qui ne me concernent nullement.

« Pauvre type ! Sors de chez moi ! Sale menteur ! »

Jean-Paul est parti, déconcerté par la crise d'hystérie furieuse que sa passion des femmes venait de provoquer. Il est revenu le lendemain dans la soirée et maman ne l'a pas jeté dehors contrairement à ce qu'elle prétendait. Elle a besoin de lui, de l'argent qu'il donne de temps en temps et qui aide à payer nos factures.

Dimanche matin, j'étais seule à l'appartement quand Jean-Paul est arrivé. Il sait très bien que ma mère est à l'église jusqu'à 13H au moins, et j'étais d'ailleurs surprise qu'il n'y soit pas lui-même.

– Maman n'est pas là ! lui ai-je dit tout de suite en n'ouvrant la porte qu'à moitié.

– Je sais, je sais ! Je passais dans les parages et j'ai été pris d'une envie pressante.

Je l'ai laissé entrer à contrecœur, il s'est dirigé vers les toilettes. Et je suis restée l'attendre exprès devant la porte d'entrée de l'appartement laissée grande ouverte, pour lui signifier qu'il devait partir ensuite, qu'il n'avait pas à rester là en l'absence de ma mère.

– Je voulais te parler, c'est possible ? a-t-il dit en revenant trois minutes plus tard.

– Me parler de quoi ?

– De ta mère. C'est une femme difficile, elle est compliquée.

– Vos histoires ne me regardent pas. J'ai moi-même mes propres problèmes.

– Tu as quel genre de problème ? Il a ri. C'est l'argent ? C'est pour te coiffer, pour t'acheter des chaussures ? Tu veux combien ?

Il a sorti son portefeuille.

– Je ne veux rien, merci.

– Mais pourquoi tu es comme ça, hein ? Tu n'aimes pas que l'on soit gentil avec toi ?

– Maman n'appréciera pas si elle l'apprend.

– Mais qui va lui dire ? C'est notre petit secret à nos deux. Tu gardes ça pour toi. Je vais te gâter, tu es ma petite.

J'ai alors senti sa main se poser sur mes fesses, j'ai crié avant de le pousser hors de l'appartement et de refermer la porte violemment.

Maman est rentrée en début d'après-midi, elle m'a tout de suite appelée.

« Jean-Paul était ici ce matin ? Il m'a dit que tu n'as pas voulu lui ouvrir ! »

Et comme je ne répondais pas, que je gardais mes bras croisés, elle a pris mon silence pour de l'insolence.

« Ecoute, ici c'est chez moi ! Si tu commences à manquer de respect à l'homme avec lequel je sors, ça va très mal se passer. Tu vois, c'est Jean-Paul qui a rempli le frigo dernièrement, tout ce que tu manges ici, c'est lui qui l'a payé. Fais attention ! Tu comprends ce que je te dis ? »

Je suis retournée dans ma chambre sans ouvrir la bouche.

Le lendemain j'ai été voir l'assistante sociale du lycée.

– Vous vouliez me rencontrer, je vous écoute !

– Je… je ne peux plus vivre chez ma mère, ai-je dit la voix entrecoupée de sanglots.

– Il s'est passé quelque chose en particulier entre elle et vous ?

– L'ambiance n'est pas bonne.

– Il arrive que des adolescents aient du mal à communiquer avec leurs parents, c'est normal. Et la grande majorité de vos camarades de classe rencontre les mêmes problèmes. Avez-vous essayé de discuter calmement avec votre mère ?

– Son copain a eu un geste très déplacé hier et j'ai peur qu'il recommence !

– Ah… !

La dame m'a alors considérée avec beaucoup plus d'intérêt.

– Vous a-t-il agressée sexuellement ?

– Pas tout à fait, mais c'est ce qui va arriver si je reste vivre chez ma mère.

– Que s'est-il passé ? Votre mère sait, vous lui avez raconté ?

– Non… Ce n'est pas utile. Elle ne me croira pas ou dira que c'est de ma faute, que j'ai forcément fait quelque chose pour encourager un homme adulte à me toucher les fesses.

– Si cet homme vous a touché les fesses, il s'agit bien d'une agression sexuelle. Le viol commence par les petites choses et quand l'acte finit par se produire il est trop tard. Mais vous venez d'avoir dix-huit ans, la décision de déposer une plainte vous revient.

– Je ne veux pas déposer de plainte, je veux juste qu'on m'aide à partir de chez ma mère.

Je pleurais, fatiguée par la nuit difficile que j'avais eue et la charge émotionnelle de tous les chagrins accumulés au cours des derniers mois : mon cœur brisé par Lucien, mes problèmes de poids, mon envie de me suicider, ma mère, Jean-Paul.

– Cet homme vit-il avec vous ?

– Non, il vient régulièrement. Je ne me sens pas en sécurité, il pourrait recommencer à n'importe quel moment.

– Vous êtes sûre de ne pas vouloir déposer plainte ? La loi est de votre côté.

– Je veux juste partir. Quitter ma mère. Changer d'air.

– Prenez le temps de la réflexion, et si jamais vous changez d'avis, vous...

– Peut-on me trouver un logement, madame s'il vous plaît ?

Elle m'a dévisagée avant de plonger un œil dans sa paperasse et d'affirmer :

– Vous préparez le bac. Déménager en plein milieu d'année scolaire ne sera pas aussi simple que vous le croyez, mais si c'est là la seule solution, on va constituer ensemble un dossier pour demander à ce que vous soyez placée en famille d'accueil. Ça vous va ?

*

Aujourd'hui j'ai rencontré ma famille d'accueil. C'est un couple mixte, ils ont une fille de mon âge qui m'a parue bien sympathique et un petit garçon de cinq ans. Je suis contente. Ce nouvel environnement me plaît.

Maman n'a pas essayé de s'interposer quand je lui ai dit que je partais, cela a plutôt eu l'air de la soulager au contraire.

J'ai appelé mon père à Brazzaville. Il s'est montré inquiet à l'idée que j'aille vivre chez des inconnus.

« C'est juste pour quelques mois, papa, le temps que je termine l'année scolaire et passe le Bac. Si je l'obtiens, j'irai m'installer au campus, j'aurai une bourse et mon autonomie. Ce sera bien ! »

– Il faut l'obtenir. Il faut te battre, d'accord ?

– Oui, papa ! Je l'aurai, c'est promis.

Il m'a réconfortée et m'a dit des choses comme lui seul sait les dire. Mon père m'aime véritablement en dépit de tout ce que je peux avoir à lui reprocher ; il m'aime, je tâcherai de m'en souvenir toutes les fois que la tristesse tentera de glisser des mensonges dans mon esprit « Tu es bête, tu es grosse, tu es moche, tu es seule, personne ne t'aime ! ».

Mon père m'aime, je ne suis pas seule. J'ai de nombreuses qualités. Jamais plus je ne laisserai un garçon et aucune autre personne me faire douter de ma valeur. Je me battrai pour me construire une vie heureuse et mon avenir sera éclatant, je m'en fais le serment.

SAVIMBI

C'est une vieille photo jaunie que je garde secrètement dans l'une des poches du vieux short sous mon pantalon. Si cela venait à se savoir, si quelqu'un le découvrait, cela nuirait à mon autorité. Ils me prennent tous pour un dur. Je suis un dur.

Hier soir, un nouvel arrivant. C'est Kabishi qui l'a ramené et elle insiste pour qu'on le garde avec nous.

– Il est trop petit ! que je lui ai dit. Pas envie de me coltiner une marmaille !

Il avait le crâne en sang et semblait terrifié. Kabishi a essayé de lui tirer les vers du nez pour savoir ce qu'il lui était arrivé, ce qu'il faisait dans le marché, mais le môme est resté obstinément muet.

– C'est peut-être juste un gosse perdu, a maugrée Carlos en se grattant la sale teigne qui lui mange la moitié de la joue droite.

– Il est blessé et il a peur. On dirait qu'il fuit quelque chose. Comment tu t'appelles ? a demandé Kabishi en se penchant vers le gamin.

Il a pas voulu répondre.

– Juste cette nuit, ai-je alors tranché, mais demain il dégage !

Mon vrai prénom est Gildas. Je suis le plus âgé du groupe et un peu leur chef à tous, ils me craignent et exécutent mes ordres. Nous venons de l'orphelinat qui a fermé. Enfin quand je dis « nous » c'est eux surtout, parce que moi je n'y ai jamais vraiment vécu, j'y allais juste pour bouffer. Mère Maggy offrait tous les soirs un bol de bouillie de maïs aux gamins comme moi qui, faute de place ne pouvaient intégrer de façon permanente « La maison ». Cela m'arrangeait bien au final, je restais maître de mon temps et jouissais de mes journées à ma guise avec la garantie de ne pas dormir affamé.

Au départ, nous n'étions qu'une petite dizaine à aller manger le soir chez la mère, puis le bruit de ces bols de bouillie offerts s'étant répandu dans à peu près tout l'arrondissement, d'autres gosses ont gonflé nos rangs. Ils ne vivaient pas dans la rue ceux-là, c'étaient même leurs parents qui les envoyaient dans la plupart des cas. Un repas gratuit, tu penses bien que ça attire du monde !

C'était une bonne femme la mère Maggy, on peut le dire. Potelée, rieuse, un peu trop autoritaire à mon goût (elle exigeait que nous nous lavions les mains avant de manger et nous faisait réciter le *Notre père*) mais dotée d'une âme généreuse. Ça m'a fait un choc quand Carlos m'a annoncé l'accident qui lui a coûté la vie. Il est surement écrit quelque part que les personnes qui font le bien autour d'elles doivent partir très tôt et laisser inachevée l'œuvre de charité qu'elles ont commencée. C'est le bon Dieu – s'il existe – qui en a sans doute décidé ainsi. Il faut que la souffrance demeure en ce bas monde pour que les Hommes continuent de l'implorer toujours, alors les méchants vivent plus longtemps, c'est logique.

J'ai moi aussi décidé d'être un méchant. Ce secteur du marché qui part de la grande boulangerie au rond-point est notre territoire, malheur à quiconque s'aventure dans les parages à la nuit tombée. Avant-hier nous avons surpris un couple qui s'embrassait devant la boutique du Libanais. L'homme – un grand baraqué – a cru nous impressionner en haussant la voix et bombant le torse ; je l'ai giflé, mes petits se sont jetés sur lui et l'ont mis à terre. Il s'est sacrément bien défendu, le bonhomme ; il nous a assené de violents coups de poings. Nous sommes malgré tout parvenus à le dépouiller de son portefeuille. La fille qui l'accompagnait appelait à l'aide en criant, j'ai voulu m'occuper d'elle mais Kabishi m'a supplié de la laisser partir. L'homme s'est péniblement relevé et ils ont fichu le camp.

Kabishi c'est un peu comme notre sœur mais c'est surtout notre petite femme à Carlos, Mabélé et moi. Elle traîne une histoire assez sordide. Son père et son frère aîné abusaient d'elle, quand ça s'est su sa mère l'a chassée du domicile familial. Peu de temps après, Kabishi a donné naissance à un enfant mort-né, c'est à cette période qu'elle a été recueillie à l'orphelinat.

La journée, Kabishi va de maison en maison proposer ses services : « Je peux laver le linge, faire la vaisselle ou balayer ! » dit-elle de sa voix fluette. Parfois, de bonnes femmes l'engagent pour quelques heures, lui confient en échange d'un repas ou d'une petite pièce de monnaie une montagne de casseroles à récurer ou une pile de linge sale. Kabishi a toujours les mains moites. Elle voudrait que l'on soit amoureux pour de vrai et que je cesse de la partager avec les plus grands garçons du groupe.

« Tu es le chef, m'a-t-elle dit il n'y a pas si longtemps encore, si tu leur demandes de ne plus m'embêter, ils t'obéiront. »

– Tu veux être avec moi parce que je suis le chef ?

– Non, parce que toi je t'aime.

Je me méfie des femmes qui parlent d'amour, elles vous retournent le cerveau et vous font agir comme un sot. J'ai vu mon père être radicalement changé en l'espace de quelques mois seulement par une femme qui l'aimait. Ah, non Kabishi tu ne m'auras pas !

Quand la mère Maggy a été fauchée par ce grand camion citerne, j'ai su que ça allait être difficile. La bouillie de maïs que l'on servait à « la maison » constituait le plus souvent mon unique repas de la journée et m'épargnait bien des tracasseries. La faim n'était plus une angoisse quotidienne, je n'avais plus à courir, à réfléchir à mille stratagèmes pour trouver de quoi manger et éviter de dormir le ventre creux. Il me suffisait simplement d'attendre patiemment que l'heure arrive et je me pointais à l'orphelinat. Et puis, il y avait la télé que nous regardions tous ensemble dans la grande salle ; des films indiens dont les chorégraphies m'amusaient, des mangas, des matchs de football, des combats de boxe. J'aimais bien ces moments de détente, Ils m'en rappelaient d'autres, plus anciens, plus intimes ceux-là. Mon enfance…

« Tu es assis trop près de la télé, me reprochait maman presque tout le temps, tu vas t'abîmer les yeux, Gildas ! »

Je reculais un peu ma chaise, attendais que ma mère s'éloigne et dès qu'elle avait le dos tourné, je replaçais la chaise au même endroit. Maman me surprenait parfois et promettait de ne plus m'acheter les gâteaux qu'une voisine vendait au bout de la rue et dont je raffolais. Je feignais alors d'être profondément triste, je savais tout au fond de moi que ce n'était-là que des paroles en l'air, des menaces qu'elle formulait pour m'effrayer.

Maman est morte en accouchant de ma petite sœur. À l'hôpital, ils n'ont pas voulu lui faire une césarienne. Les sages-femmes ne voyaient pas l'intérêt de pratiquer une intervention qui n'allait même pas leur rapporter un peu d'argent (une nouvelle loi interdisait depuis peu de faire payer la césarienne aux patientes qui en bénéficiaient).

J'ai vu son cadavre dans le cercueil noir ; tout contre elle dans un drap blanc avait été enroulé le corps du bébé. Maman était maquillée : beaucoup de poudre sur la figure et du rouge sur ses lèvres minces. J'ai pleuré en appelant son nom « Maman Lilly… Maman Lilly !!! ».

Papa a décidé qu'il ne fallait pas que j'assiste à l'enterrement parce que ça allait être trop dur pour moi. J'ai couru après le corbillard qui l'emmenait au cimetière pour la voir encore une dernière fois. Quand le véhicule a disparu au loin suivi du cortège de taxis et de voitures dans lesquels s'entassaient tous ceux qui l'accompagnaient jusqu'à sa dernière demeure, j'ai senti comme une explosion dans ma poitrine. J'ai beaucoup pleuré ce jour-là, celui d'après aussi. J'ai pleuré de tout mon soûl puis un matin plus rien. Plus aucune larme, plus de tristesse. Rien. Comme si une pierre avait tout à coup remplacé mon cœur fracassé. Tout était mort en moi, mort avec maman.

Peu de temps après, mon père a ramené une autre femme à la maison : « Elle s'appelle Josiane, qu'il a dit, c'est ta nouvelle maman. »

Elle était grande avec de très beaux yeux clairs. Il lui parlait gentiment, rentrait directement à la maison tous les jours après son travail et n'allait même plus jouer aux dames avec ses copains. Un jour, j'ai cassé un verre par maladresse. Josiane m'a giflé, je l'ai insultée, elle a fait ses valises.

– C'est ton fils ou moi ! a-t-elle dit à papa dès qu'il est rentré le soir.

Celui-ci a vu ses bagages alignés dans le salon et a pris peur.

– Qu'est-ce qui se passe, ma chérie ?

– C'est ton fils ou moi. S'il reste, je pars !

– Qu'est-ce que tu as encore fait toi-là ? a-t-il hurlé en me tirant les oreilles. Demain, je vais te déposer chez ton oncle ! Il est temps que tu ailles vivre dans la famille de ta mère, je ne sais même pas pourquoi ils t'ont laissé ici après le décès de leur sœur. Ils auraient dû te prendre avec eux ! Demain tu vas chez ton oncle, je ne veux plus de toi dans mes pattes !

Je ne suis resté qu'un mois chez mon oncle. Il était pauvre et j'étais une bouche supplémentaire à nourrir. Ça fait cinq ans à peu près que je vis dans la rue et ici tout le monde m'appelle Savimbi. C'est le nom d'un rebelle Angolais très influent, mort au combat, exactement le genre de personnage auquel j'aimerais ressembler. Je vais bientôt aller faire la guerre moi aussi.

La semaine dernière un homme m'a abordé.

« C'est toi Savimbi ? »

On lui avait visiblement parlé de moi. Je me trouvais près de la grande mosquée avec Carlos et Mabélé. Il nous a offert des cigarettes, de l'alcool et quelques billets de banque froissés. C'est un militaire, je crois bien ; il avait une chemise à carreaux, un pantalon kaki et une paire de rangers. Ses yeux étaient rouges. Ce n'est pas un gars d'ici… un étranger surement, ça s'entendait à son accent. Il recrute des jeunes garçons comme nous, qu'il forme au maniement des armes dans un village au centre du pays.

– Vous pourrez vous faire de l'argent, a-t-il expliqué, beaucoup d'argent… Je reviens vous chercher dans dix jours si ça vous intéresse.

On a tout de suite dit oui.

« Pourquoi il veut vous apprendre à tirer avec des armes ? » a demandé plus tard Kabishi inquiète.

C'est cette andouille de Carlos qui a jacté. Il est incapable de garder un secret.

– Pourquoi il veut vous apprendre à tirer avec des armes ?

– C'est pour aller faire la guerre, Kabishi, a finalement lâché Mabélé.

– Mais quelle guerre ?

–… On ne sait pas…

– Vous allez partir avec lui ?

Elle a levé sur nous des yeux tristes.

– Pourquoi tu ne viendrais pas avec nous ? lui a alors proposé Carlos.

– Je peux venir, c'est vrai ? Ils prennent aussi des filles pour leur guerre ?

C'est à moi qu'elle le demandait. J'ai détourné la tête pour ne pas avoir à lui répondre. Quand tout le monde s'est couché, j'ai secoué Carlos et lui ai fait signe de me suivre.

– Quoi ? Ce n'est pas mon tour aujourd'hui, a-t-il soufflé.

Il parlait de la ronde que nous effectuons chaque soir.

– Viens !

Je l'ai attiré dans un coin et lui ai parlé en Sango :

– Tu ne pourras pas partir avec nous, Carlos.

– Partir où ça ?

– Arrête de faire l'idiot ! Tu ne pourras pas aller faire la guerre avec nous.

– Et pourquoi ça ? s'est-il insurgé. Le monsieur a dit qu'il a besoin de beaucoup de jeunes, il y a de la place pour tout le monde. Pourquoi je ne peux pas partir ?

– Il faut que l'un de nous reste veiller sur Kabishi.

Carlos est resté silencieux un moment, il semblait surpris.

– Pourquoi est-ce à moi de le faire ? a-t-il demandé ensuite.

– Parce que tu es celui de nous trois qui est le plus attaché à elle. Si nous partons tous, elle va se retrouver seule ici. Les autres petits du groupe sont trop jeunes pour assurer sa sécurité… Tu comprends ?

– Mais pourquoi on ne l'emmène pas avec nous tout simplement, hein ?

– T'es bête ou quoi ? Écoute, c'est à toi de voir ! Soit tu restes ici avec elle, soit on part tous les trois et elle restera seule avec les petits, et rien ne te garantit que tu la reverras un jour. Tant pis pour toi.

Carlos a décidé qu'il allait rester. C'est un bon gars, il veillera sur elle, je le sais.

Tout à l'heure je regardais discrètement la photo de ma mère quand j'ai surpris le gosse en train de m'épier.

– Hé, toi ! ai-je fait en la rangeant prestement dans la poche du vieux short sous mon pantalon.

Le petit a couru se réfugier auprès de Kabishi.

– Il est encore là celui-là ?

– Qu'est-ce que ça peut bien te faire ? qu'elle a répondu. Laisse-le tranquille !

– Je ne veux pas qu'il reste ici ! Il est trop petit, il ne pourra rien faire et il faudra le nourrir.

– Pourquoi ça te préoccupe, tu as décidé de partir faire la guerre non ? Laisse-nous nous débrouiller comme on veut !

Elle a un fichu caractère Kabishi. Ce ne sera pas Carlos qui me remplacera à la tête du groupe une fois que je serai parti mais bien elle, je le pressens.

NOIRAUD

Il avait tout pris du grand-père paternel : ces oreilles pointues, ces yeux globuleux qui lui valaient tant de moqueries ; et surtout ce teint si sombre qui faisait dire à certains qu'il n'était pas le fils de sa mère, qu'il devait y avoir là une erreur… que peut-être s'était-on trompé à la maternité en échangeant de bébé.

Il est vrai qu'à sa naissance toute la famille et l'accouchée elle-même en premier, avaient froncé les sourcils devant ce poupon tout noir au crâne dégarni, suçotant son pouce et braillant comme un diable dès qu'on le posait dans son lit.

–… Mais… il ne ressemble pas du tout à ses sœurs ! constata amèrement une voix.

– C'est le portrait tout craché de papi Ambroise ! ajouta une autre.

On avait été heureux d'apprendre que le fils tant attendu, l'unique garçon de la fratrie, venait de naître. On s'était empressé les bras chargés de cadeaux, d'aller voir la mère et l'enfant ; et qu'est-ce qu'on découvrait ? Un bébé même pas beau !

Sa mère le surnomma « Noiraud ». Elle lui pinçait délicatement les joues et énumérait ses défauts : « Tu as une bouche toute moche ! Et ces gros yeux… ! Et quelles oreilles ! » Elle éclatait ensuite de rire. Et ses filles, qui étaient toutes dotées d'un physique agréable, l'imitaient ; se moquant à leur tour de ce petit-frère qui contrairement à elles, n'avait pas hérité du teint clair de leur maman et des traits harmonieux de son joli visage.

Il devint au fil des années le mal-aimé de la famille. C'était un garçonnet au tempérament vif, assez têtu ; aimant à courir, à sautiller et grimper partout. Sa mère constamment le grondait, lui administrait de vigoureuses gifles et le couvrait d'injures en lui rappelant à quel point il était laid. Ses sœurs le battaient également quand il avait fait une bêtise, l'invectivant, l'accusant à tort et à travers quelquefois.

Le père, restait lui en retrait. Il était d'un naturel doux et patient ; jamais on ne l'avait vu lever la main sur ses enfants, ni même tenir à leur encontre quelque propos blessant. Il protestait parfois quand sa femme frappait un peu trop rudement leur fils et que celui-ci amoché par les coups reçus, saignait du nez ou de la bouche ; mais son implication n'allait pas plus loin. Cet homme qui dans sa propre enfance avait souffert de la mort prématurée de sa mère, ne jugeait pas nécessaire de tisser et développer une relation privilégiée avec son unique garçon. Il estimait sans doute que la présence d'une mère contentait tous les besoins affectifs de ses rejetons, et que les tâches qui incombaient à sa fonction de père étaient suffisamment lourdes et bien plus délicates : ne devait-il pas garantir la sécurité matérielle de la maisonnée, veiller à ce que tout ce joli monde ne manque de rien ?

Le père avait pourtant été proche de ses filles quand celles-ci étaient plus jeunes, les promenant partout, les portant sur ses épaules, leur racontant des histoires par lui-même inventées. Elles l'adoraient profondément conformément à cette loi naturelle qui veut que les filles soient très attachées à leur papa. Il aimait son fils différemment, sans chaleur, sans grands témoignages de tendresse. Et puis le visage de l'enfant lui rappelait bien trop celui de son propre défunt père avec lequel il avait entretenu des rapports très difficiles. Cette frappante ressemblance le contrariait intérieurement. Il ne comprenait pas pourquoi de tous les garçons que comptait la grande famille dont il était issu (le nombre de ses neveux s'élevait à huit), il avait fallu que son père, ce maudit homme, se « réincarne » en son unique fils. Cela justifiait peut-être en partie son détachement envers ce dernier et le peu de temps qu'il consacrait à son éducation.

Le garnement grandissait et sa personnalité s'aiguisait. Il était toujours l'objet de moqueries portées sur son physique et d'injures grossières, mais il ne les subissait plus sans réagir. Régulièrement, il répondait à sa mère ainsi qu'à ses sœurs avec la même violence verbale dont elles faisaient preuve à son endroit.

– Sale garçon ! le traitait-on souvent.

Il n'aimait guère l'eau. Cette eau froide avec laquelle on l'obligeait à se laver tous les soirs. Il rinçait sa figure, nettoyait ses pieds et se précipitait hors de la douche. Et quand sa mère découvrait l'entourloupe, il avait droit à de vives taloches qui retentissaient bruyamment sur son crâne.

L'enfant s'habillait très mal également. Jamais sa mère ne s'était donné la peine de repasser son linge ou de l'aider à choisir des vêtements pour la journée. Elle le laissait se débrouiller tout seul du haut de ses sept ans ; et se contentait plus tard de constater ce qui n'allait pas, et d'émettre de cinglants reproches.

À l'école, notre noiraud ne récoltait pas plus de succès. Élève dissipé, il s'ennuyait et dessinait dans ses cahiers tandis que le maître donnait sa leçon. Ses notes étaient mauvaises. Il redoubla sa classe de CE1.

« En plus d'être sale et moche, tu es bête. Il n'y a rien de bien chez toi ! » lâcha sa mère ce jour-là.

Elle soupirait et se plaignait de sa malchance. Elle avait tant désiré avoir un fils qui serait médecin, et à la place... à la place on lui avait donné un crapaud ! Ses filles aimaient les livres, la lecture, l'étude ; rien à voir avec leur frère qui, lui, semblait être doté d'une intelligence malsaine. Ne l'avait-on pas surpris une fois dissimulé dans un coin, sérieusement occupé à démolir une montre toute neuve qu'il avait dérobée à sa sœur aînée ? Et il avait détruit de la même manière d'autres petits appareils électroniques.

« C'est pour voir comment ça fonctionne à l'intérieur ! » répondit-il d'une voix embarrassée quand son père, fâché, lui demanda des explications.

Il était pour les siens un sujet d'inquiétude et de vive incompréhension. À l'âge de quinze ans, il abandonna définitivement l'école où au reste il ne se plut jamais. Les professeurs le disaient paresseux et insubordonné, ils remarquaient cependant chez lui un fort potentiel dans tout ce qui touchait à la technologie et à l'innovation, mais ils ne disposaient pas des moyens pédagogiques adéquats pour orienter et cadrer cet élève difficile.

L'adolescent solitaire et introverti, passait désormais le plus clair de son temps dans sa chambre, une pièce où il ne laissait entrer personne et qu'il verrouillait soigneusement en la quittant.

S'il avait l'inconfortable certitude de n'être guère aimé par sa mère et par ses sœurs ; dehors cependant, au milieu de ses rares camarades, il jouissait d'une franche popularité. On appréciait sa générosité, cette facilité qu'il avait à partager son pain et à prêter ses jeux. On le respectait pour la force de son caractère et surement plus encore pour celle de ses poings. Noiraud n'hésitait pas en effet à rudoyer sévèrement tous ceux qui lui cherchaient querelles, ou encore ceux des garçons qui brimaient et attaquaient tyranniquement les plus jeunes. Il était ennemi de l'injustice et de la gratuite méchanceté, c'était là un trait éclatant de sa complexe personnalité.

Il avait atteint l'âge où l'on s'intéresse au sexe opposé. La plupart de ses amis fréquentait une fille quand ce n'était pas plusieurs en même temps... Lui, restait fermé à l'éventualité de vivre une amourette. A vrai dire il n'était pas certain de plaire. Ne lui avait-on pas répété depuis sa plus tendre enfance qu'il était repoussant, sale et bête ? Quelle jeune fille l'aimerait, quand sa propre mère, la femme qui l'avait porté neuf mois en son sein, ne professait sur lui que des paroles blessantes et dévalorisantes ? Avec le temps il s'était lui-même mis à se considérer tel que sa mère le voyait, et cela s'exprimait chez lui par un profond mal-être et un mépris de soi. Il ne s'aimait pas, il ne s'aimerait jamais, car s'aimer s'apprend et personne ne l'avait encouragé en ce sens.

*

Un soir qu'il rentrait, Noiraud trouva près d'un tas d'ordures un chaton noir. L'animal apeuré et qui poussait des miaulements désespérés, semblait avoir été abandonné là dans un carton duquel il était parvenu à s'extraire.

« Sûrement ses maîtres l'ont jeté à cause de sa couleur ! se dit Noiraud.

— Tu as de la chance qu'ils ne t'aient pas brisé la tête ou noyé, car les chats noirs on les tue par ici parce qu'on pense qu'ils portent malheur. » fit-il en saisissant délicatement la bête.

Il parvint à l'emmener au domicile familial et à l'introduire dans sa chambre sans être vu. Il mit tout de suite de la musique afin de couvrir les miaulements du chaton qu'il nourrit ensuite avec un morceau de pain trempé dans un bol de lait sucré.

Noiraud se prit d'attachement pour l'animal, caressa ses pattes et le contempla s'endormir. Il éprouvait pour cette petite chose une sorte de solidarité fraternelle : on les détestait pour la même raison. C'était à cause de sa toison noire qu'on avait abandonné le chaton près du tas d'ordures. Et quant à lui, c'était à cause de sa peau trop foncée que sa mère ne l'aimait pas, se disait-il.

Il garda ainsi la bête deux journées entières avec lui. Le troisième jour comme il devait assister à un match de foot qui opposait des jeunes de son quartier à ceux du faubourg voisin, Noiraud laissa le chaton dans sa chambre. Il prit la précaution de mettre à sa disposition, pour ses besoins naturels, une assiette creuse garnie de sable. Il ouvrit ensuite grand les fenêtres pour aérer la pièce dans laquelle était posés dans un coin du lait et un peu de pain mouillé.

Dehors l'adolescent s'usa la voix en cris d'encouragement et furieux commentaires ; il hua, en bon supporter, à plusieurs reprises l'arbitre du match, trop distrait et beaucoup trop jeune à son goût. Les joueurs de son quartier perdirent finalement face à l'équipe adverse. À la fin de la rencontre, Noiraud et quelques autres débattirent sur les raisons de cette piteuse défaite, puis chacun s'empressa de courir à d'autres occupations.

Quelle ne fut pas sa surprise à son retour au logis de trouver sa chambre vide. Son nouvel ami, le chaton noir avait disparu. L'adolescent regarda sous le lit et dans tous les endroits où la bête aurait pu se dissimuler.

« J'ai bien pris le soin de fermer la porte à clé en partant, il n'a pas pu sortir » pensa Noiraud inquiet. Puis, il réalisa que l'animal avait pu se sauver par la fenêtre ; son cœur se désola. Il fut très triste.

Le soir une conversation entretenue par ses sœurs attira son attention. Elles parlaient d'un chat qu'on avait trouvé errant dans la cour et sur lequel leur mère s'était précipitée armée d'un balai.

– Quel chat ? bondit Noiraud. Où est-il, qu'en avez-vous fait ?

Elles le contemplèrent avec étonnement.

– Un chaton noir ! Il était dans la cour. On ne sait pas d'où il venait, finit par répondre la plus jeune de ses sœurs. Il est dans la poubelle, si tu veux voir ! Maman est parvenue à le tuer avec une chaise.

Noiraud sentit son cœur tomber dans sa poitrine. Il courut vers la poubelle, l'ouvrit tout tremblant, et vit le corps ensanglanté du petit chat noir. Alors pris de rage, il marcha les poings serrés jusqu'à la cuisine où sa mère était affairée. Sans réfléchir, cédant à une impulsion démente, laissant libre cours à tous sentiments violents qu'il contenait jusqu'ici, il saisit un couteau qui malencontreusement se trouvait à sa portée, et l'enfonça par coups vifs et répétés dans le dos de sa génitrice. Celle-ci s'effondra en poussant un râle long et implorant.

Quand une heure plus tard, la police arriva sur les lieux, la maison grouillait de monde. Le voisinage alerté par les cris des trois sœurs, avait accouru voir le drame qui venait de se produire. On avait désarmé et isolé dans une pièce, l'enfant diable qui sans raison apparente, avait assassiné sa mère.

« Ça a toujours été quelqu'un de très bizarre ! », « Il n'aimait pas sa maman ! », « C'est de la sorcellerie ce qui vient de se produire ici ! » disaient quelques personnes choquées.

Quand la police l'emmena, Noiraud pleurait. Son père crut qu'il regrettait son geste fou et eut de la compassion pour lui ; pourtant ce n'était pas le remords qui secouait ainsi l'adolescent. Il ne pleurait pas parce qu'il venait de tuer sa mère. Il pleurait pour le petit chaton noir mort.

L'ENFANT DE PERSONNE

1

Mon père était marié quand il a connu ma mère. Il occupait alors de très hautes fonctions et plaisait pour sa grande intelligence et cette façon qu'il avait de dépenser sans compter pour toutes celles qui trouvaient grâce à ses yeux de Don juan. C'était un homme à femmes dont les unions maritales ne duraient pas bien longtemps ; il avait tout un tas d'enfants nés de mères différentes.

Sa relation avec maman fut brève. J'aime à penser qu'il n'y avait rien de bien solide entre eux, rien à part la tendresse fougueuse de deux amants qui se retrouvent en toute discrétion et à de rares occasions.

Se fréquentaient-ils encore quand elle lui annonça sa grossesse ? Je l'ignore tout à fait. Il lui demanda d'avorter mais elle s'y refusa fermement, paralysée par la peur de commettre par ce geste un péché terrible. « Dieu peut pardonner un adultère, mais la mort d'un innocent… » se disait-elle alors.

Je n'étais pas une enfant désirée. Mon père ne me voulait pas ; et ma mère ne m'a gardée que par dépit estimant qu'elle n'avait pas le choix, et me considérant d'emblée comme une sanction que lui infligeait le ciel pour la punir de s'être livrée à des jeux illicites avec un homme qui appartenait à une autre.

Les premiers souvenirs de ma petite enfance me renvoient à l'esprit l'image d'une femme douce, froide, distante et souriante à la fois dont il me semblait qu'elle me fuyait. Sans cesse je la recherchais, quémandant sa tendresse, sollicitant son attention ; et toujours elle me repoussait, délicatement, sans méchanceté, très maladroitement cependant. Il y avait un profond malaise entre nous et ce malaise subsiste encore.

Je l'ai soupçonnée de me haïr le jour où elle m'abandonna à sa mère, une vieille femme affaiblie par la maladie et qui devait désormais se charger de l'éducation d'une petite-fille d'à peine quatre ans et demi.

On m'arrachait ainsi brutalement à mon environnement, à tout ce qui m'était jusqu'alors familier ; on me confiait sans seulement me ménager à une grand-mère que je voyais pour la première fois ; et même si la vieille femme prétendait tout sourire m'avoir vue et portée bébé, elle n'était encore pour moi qu'une étrangère.

Ma maman partie et mes larmes séchées, je dus tout de suite apprendre à composer avec mon nouveau milieu de vie. Ma grand-mère bien que pourvue de bons sentiments n'était pas en mesure de s'occuper convenablement d'une enfant de mon âge, à cause en grande partie des douleurs articulaires qui fragilisaient sa santé.

Très vite elle m'initia à une certaine autonomie. Elle m'apprit à nettoyer mon linge toute seule, à tirer les draps du grand lit que nous occupions ensemble, à tenir un balai dans mes petites mains frêles.

Mes journées étaient longues, marquées par le silence et un profond ennui. Où était ma mère, quand reviendrait-elle me chercher ? m'interrogeais-je tristement tous les soirs avant de m'endormir.

Une année passa ainsi, morose et monotone. Et pas une seule fois je ne vis maman.

Mes oncles qui n'appréciaient que très moyennement de me voir vivre auprès de leur mère de plus en plus diminuée par la maladie, prirent la décision de me renvoyer à la capitale.

C'est ainsi que je retournai à Brazzaville, vêtue d'une robe trop petite et de vieux souliers qui me faisaient atrocement mal aux pieds (je m'en souviens encore). Et alors que j'attendais simplement d'être ramenée à l'ancienne maison où j'avais vécu aux côtés de maman, c'est dans un nouvel endroit qu'on me mena ; une belle habitation à la grande cour fleurie. Des enfants à peine plus âgés que moi y jouaient gaiement, ils s'interrompirent en me voyant et m'adressèrent d'amicaux sourires.

Mon oncle Ambroise me tenait par la main.

– Où est Albertine ? demanda-t-il.

C'était le prénom de ma mère.

– Qui la demande ? interrogea une jeune fille qui devait être une domestique.

– Dites-lui que son grand frère est ici !

Et maman apparut quelques instants plus tard sur le pas de la porte, encore plus belle que dans mon souvenir. Je fus prise d'une bête envie de pleurer, mes jambes tremblaient, mon émotion était vive. Elle eut un geste de mauvaise surprise en nous voyant mon oncle et moi, son front se plissa. J'étais son unique enfant, j'avais été séparée d'elle pendant de longs mois ; et cette femme, ma mère, ne se précipita même pas pour me porter haut dans ses bras, pour s'enquérir de ma santé et me questionner sur toutes les petites choses que j'avais faites en son absence.

– Je suis venu te rendre ta fille. La vieille est très malade, elle n'est plus en mesure de s'en occuper, lui dit d'emblée l'oncle Ambroise.

Elle le pria d'entrer dans le séjour et je demeurai à l'extérieur ne sachant quoi faire, j'attendais. Leurs voix parvenaient jusqu'à moi. Mon oncle gueulait.

– C'est ta gamine, c'est à toi de t'en occuper. Tu élèves les enfants de ton mari et tu es incapable de prendre soin de ta propre fille ?

– Elle ne peut pas rester ici, objectait ma maman. Elle ne peut pas… Il ne voudra pas…

Je compris bien plus tard seulement qu'elle s'était mariée à un homme qui ne souhaitait pas m'accueillir sous son toit, un homme dont elle élevait les enfants qu'il avait eus d'un précédent mariage.

Je ne pouvais donc pas demeurer auprès de maman, elle ne le voulait pas. Elle résolut le jour même d'aller me déposer chez mon père et l'oncle Ambroise accepta de nous accompagner.

– Il est temps qu'il prenne ses responsabilités ! dit-il.

*

Mon père habitait une immense et somptueuse villa au centre-ville. Je le connaissais pour l'avoir vu à deux ou trois reprises, c'était un personnage sévère et fort intimidant.

Il s'emporta violemment en apprenant la raison de notre venue. L'oncle Ambroise s'engagea avec lui dans une houleuse discussion et les deux hommes faillirent en venir aux mains. Et pendant que ces adultes se déchiraient ainsi à mon sujet et que mes deux parents refusaient chacun d'assumer la lourde responsabilité de ma garde – Ma mère disait en avoir déjà assez fait et mon père lui retorquait qu'on n'imposait pas un enfant à quelqu'un de cette façon-là -, je me tenais dans un coin les yeux humides de larmes péniblement contenues. J'avais faim (n'ayant rien avalé depuis plusieurs heures) et mes chaussures trop étroites meurtrissaient atrocement mes pieds. Je me sentais coupable d'exister, coupable de causer autant de tracas à tout le monde.

Quelques personnes présentes ce jour-là (il s'agissait des neveux de mon père et d'un voisin) durent s'interposer et parvinrent non sans peine à apaiser la situation. Au bout d'une longue heure qui me parut interminable, mon père consentit enfin à me garder « provisoirement » avec lui le temps d'envisager une tout autre solution.

Maman me dit alors au revoir, soulagée de voir les choses s'arranger et libre de repartir sans moi, de retourner à sa vie et à ses précieuses préoccupations.

– Je viendrai te voir à Noël, promit-elle en souriant.

Et ce fut tout. Second abandon.

Mon père – je l'ai dit plus haut – avait de nombreux enfants. Six en tout, dont quatre qui vivaient avec lui de façon stable et régulière, trois garçons et une fille. Et tandis que ma mère venait de s'en aller et que mon géniteur mécontent de ma présence ne se donna pas la peine de m'adresser quelques mots réconfortants, ce furent eux mes demi-frères et ma demi-sœur qui me consolèrent.

« Tu as quel âge ? Assieds-toi ! Tu as faim ? »

Ils étaient animés d'une charmante sollicitude. Bientôt je fus débarrassée de mes vieilles chaussures, invitée à prendre une douche, puis à partager un copieux repas.

Toute l'aile gauche de la maison était dédiée aux enfants. Ils y avaient leurs chambres et même un petit salon ; leurs vies se déroulaient là, loin de la stricte autorité du père. Ce dernier venait de se séparer de sa dernière épouse et mes frères vivaient le départ de cette marâtre comme une délivrance.

Les premiers mois qui succédèrent à mon arrivée furent somme toute agréables. Je goûtais à une forme d'insouciance, je jouais, je riais. Mon père m'inspirait une profonde crainte mais comme il était souvent absent du fait de ses fréquentes missions professionnelles, rares étaient les occasions où je me retrouvais face à lui.

Je partageais la chambre de ma demi-sœur Paulna, plus vieille de deux années, une enfant turbulente et drôle. Ravie d'avoir enfin une alliée fille dans cette demeure où elle avait longtemps vécu entourée uniquement de garçons, elle me traitait en petite disciple et m'initia bientôt à tout un tas d'espiègleries. J'apprenais avec elle les gros mots, de vilaines expressions que nos petites bouches chuchotaient en pouffant de rire. Et certains soirs tandis qu'on nous croyait endormies, nous nous glissions Paulna et moi dans la grande cuisine de la maison pour y dérober des carreaux de sucre et tout ce qu'il pouvait y avoir là de bon.

Notre père aimait Paulna. Elle n'échappait pas à ses blâmes mais il avait à son égard une certaine tendresse. À chaque retour de voyage, il lui rapportait un cadeau ; de beaux vêtements, un jouet, des livres à colorier.

Je n'avais pour ma part droit à rien ; et même si mon père dut parfois, dans l'embarras que lui causait ma présence, prétendre que ces cadeaux étaient pour ma demi-sœur et moi, nous savions pertinemment qu'il mentait. On achète deux poupées quand on souhaite faire plaisir à deux enfants, on n'en offre pas une seule pour leur demander de se la partager.

Il lui arrivait d'appeler Paulna et elle courait le voir dans son salon. Un jour que j'étais curieuse de savoir ce qu'ils pouvaient bien se dire tous les deux, je m'engageai furtivement dans cette pièce où nous n'avions guère le droit d'entrer sans autorisation. Ce que je vis alors me toucha et m'emplit de tristesse à la fois : Paulna telle un petit enfant était assise sur les genoux de notre père, la tête contre son épaule ; elle lui parlait et il souriait tout en l'écoutant. Cet homme que je redoutais tant et qui n'avait pour moi que des mots durs pouvait se montrer affectueux. Pourquoi n'avais-je pas droit à des moments semblables ? Pourquoi ne m'aimait-on pas ?

2

L'année suivante fut marquée par l'arrivée d'une nouvelle femme à la maison. C'était la veuve d'un général influent, fille d'une riche famille de commerçants et mère de deux petites jumelles, une femme au physique attrayant et à l'âme perfide. Notre père en était fou amoureux et cédait à toutes ses lubies.

Cette nouvelle « mère » nous traita tout de suite en ennemis, sabotant nos privilèges, réduisant la relative liberté dont nous jouissions jusqu'alors. Elle nous épiait et rapportait le moindre de nos écarts - amplifié, exagéré - à mon père, et celui-ci fort mécontent de nos « inconduites » ne nous épargnait aucune punition. Et ce fut Paulna qui eut le plus à pâtir de cette situation, notre belle-mère lui témoignait bien plus d'hostilité qu'à nous autres et s'évertuait à la discréditer aux yeux de papa du fait de son statut d'enfant choyée. En un rien de temps nos existences à peu près tranquilles furent ainsi chamboulées, un climat de méfiance et de médisance s'installa dès lors à la maison. Nous n'avions plus le droit d'aller librement nous servir dans la cuisine. Toutes les bonnes choses dont nous raffolions (le fromage, le saucisson à l'ail) furent mises hors de portée ; et si par chance l'on consentait à nous en donner, c'était par petits bouts ou maigres portions.

Mes demi-frères alors adolescents se révoltèrent bientôt, des disputes éclatèrent à plusieurs reprises ; et mon père ne prit jamais ouvertement parti pour ses enfants même lorsqu'il était conscient de l'injustice de certaines situations.

Je ne voyais pas ma mère. Je l'attendais parfois, espérant sans grande conviction qu'elle envoie quelqu'un me prendre pendant les vacances scolaires, mais personne ne vint jamais. Et quand la maison se vidait, que Paulna et les garçons s'en allaient respectivement auprès de leurs mamans, je demeurais seule. Cela contrariait fortement la femme de mon père de me voir là en permanence et elle ne le cachait pas, exprimant clairement que tout de même cela ne se faisait pas, que l'on devait obliger ma mère à les soulager de ma présence ne serait-ce que quelques semaines dans l'année.

*

Maman avait à Brazzaville au quartier des Plateaux une grande sœur, tantine Henriette, une femme avenante qui gagnait honnêtement sa vie en vendant des beignets et de la bouillie de maïs. Lorsque je fus en mesure de connaître mon chemin et d'emprunter seule les transports en commun, je pris l'habitude de visiter régulièrement cette tante qui s'étonnait de mon accoutrement et fronçait les sourcils en me dévisageant de la tête aux pieds.

« Mais tu n'as donc pas d'habits ? » dit-elle un jour.

– Si, j'ai des habits ! me défendis-je. Paulna me donne les vêtements qu'elle ne porte plus.

Or ma demi-sœur était petite et ronde alors que j'avais pour ma part une physionomie svelte.

La semaine suivante tantine Henriette me fit la surprise de m'emmener avec elle au marché. Dans une boutique tenue par un Sénégalais, elle me pria d'essayer quelques vêtements et m'offrit un jean une jupe et deux hauts. C'est un épisode que je ne puis évoquer sans que les larmes ne me montent aux yeux. Cette femme au niveau de vie modeste m'avait prise en pitié. Mon père était un homme riche, ma mère mariée à un ingénieur vivait confortablement, et aucun de ces deux-là ne se préoccupait de mes besoins personnels ; j'héritais des vieilles fringues de Paulna et parfois le plus jeune de mes demi-frères me donnait une paire de Baskets qu'il jugeait avoir trop portée. On ne m'achetait jamais rien et je ne demandais rien à personne. Heureusement qu'à cette époque j'allais dans un collège où l'uniforme était obligatoire, cela m'aida à plus ou moins camoufler ma misère vestimentaire.

3

Paulna partit de la maison un samedi après-midi et ne revint pas. Elle souhaitait désormais rester chez sa mère de façon définitive ne supportant plus les privations et les brimades que nous infligeait notre marâtre, et souffrant du silence impassible de mon père face à la situation.

Ma belle-mère accueillit triomphalement la nouvelle de son départ, comme si elle venait d'éliminer en cette pauvre gamine de quatorze ans un élément profondément gênant. Ses filles jumelles jouissaient des privilèges que nous n'avions plus ainsi que de ceux dont je n'avais pour ma part jamais joui : elles dînaient à la même table que mon père le soir, s'asseyaient dans son grand salon et regardaient la télé en sa compagnie. Le chauffeur les conduisait le matin à l'école Française qu'elles fréquentaient et les y reprenait en fin d'après-midi, quant à moi je faisais tous les jours à pied la demi-heure de trajet qui séparait notre domicile du collège.

En classe je me montrais attentive et timide. Fragilisée par le départ de Paulna, je m'étais repliée sur moi-même et n'avais d'autres loisirs que mes livres et mes cahiers. Je récoltai ainsi d'excellentes notes. Les professeurs ne tarissaient pas d'éloges à mon sujet, saluant mes grandes capacités en tout ce qui se rapportait aux sciences et mon attitude modèle.

Cette année-là l'école ferma un peu avant la mi-juillet. Une fête fut organisée pour récompenser les meilleurs élèves et remettre les bulletins. J'étais sur deux cent trente collégiens la première de l'établissement avec une moyenne de dix-sept sur vingt. On me félicita, on me prédit un avenir des plus brillants. Le directeur et quelques membres de l'encadrement s'étonnèrent toutefois de ne voir aucun de mes parents présents en cette journée si solennelle, tous mes autres amis étaient entourés de leurs proches. Je bafouillai quelques excuses pour justifier l'absence de mes géniteurs : « Maman est malade et mon père a voyagé ». Bulletin scolaire et récompenses en main, je pris ensuite le chemin de la maison.

À mon arrivée, je trouvai mon père et sa femme installés sous la grande paillote du jardin en compagnie des jumelles dont les résultats scolaires étaient tombés deux semaines plus tôt (elles suivaient le programme Français et leur mère répétait à qui voulait l'entendre que ses filles étaient respectivement 2ème et 4ème de leur classe). Je saluai poliment le petit groupe sans m'arrêter, marchant droit devant moi, mal à l'aise comme toutes les fois où je croisais mon père. Ce dernier prenant mon attitude pour une fuite sans doute causée par mes mauvais résultats m'apostropha :

– Hé, toi ! C'était aujourd'hui la remise des prix ?

– Oui, papa…, fis-je timidement.

– Ton bulletin !

J'ouvris mon sac et le lui sortit. Il le prit dans ses mains et scruta attentivement le document. J'ai le souvenir de ses lunettes réajustées et de cette expression de surprise stupide qui déforma brusquement ses traits. Il me contempla ensuite avec étonnement.

– Tu as une moyenne de dix-sept sur vingt !

Sa voix était pleine de stupéfaction.

– Oui…je suis la première de l'établissement.

Il y eut un silence.

– C'est bien, fit-il ensuite sur un ton gêné, c'est très bien.

Ces quelques mots embarrassés de sa part m'emplirent d'une grande fierté ; il venait de me féliciter, c'était la toute première fois. Ma belle-mère et ses filles pétrifiées de découvrir que je n'étais pas l'enfant bête qu'elles pensaient, n'émirent aucun son. Je m'éloignai alors d'un pas léger, heureuse de mon triomphe.

Mon père était un homme fort instruit, il aimait les livres et les intellectuels. Très régulièrement il se plaignait de mes frères, déplorant de les voir se passionner pour ce qu'il appelait des sottises (le foot, la musique, les arts martiaux) et négliger leurs études. Aucun de ces zigotos-là, disait papa, n'était capable de marcher sur ses pas et de faire sa fierté. Paulna beaucoup trop dissipée pour être sérieuse en classe, ne l'avait quant à elle que très peu satisfait jusque-là. Et je venais moi l'enfant dont il n'avait jamais voulu, l'enfant qu'il ne regardait pas, de lui redonner l'espoir d'avoir parmi ses rejetons quelqu'un à même de poursuivre de brillantes d'études, d'obtenir de prestigieux diplômes universitaires et de faire ainsi honneur à son nom. Mon père me traita dès lors avec beaucoup moins de dureté, il me fit inscrire au Centre Culturel Français et il lui arrivait assez régulièrement de m'interroger sur mes lectures. Je prenais comme un cadeau inespéré cet intérêt soudain qu'on m'accordait ; et consciente que c'est à mes bonnes notes que je devais d'être ainsi en faveur auprès de cet homme, je me promis de continuer sur la voie de l'excellence.

Mon existence n'en devint pas plus douce cependant. Ce rapprochement d'avec mon père ne plaisait guère à ma belle-mère, elle se sentait en danger toutes les fois que papa se radoucissait et disait du bien de ses enfants. Elle me mena la vie dure, m'accusant de choses que je n'avais point faites, me rabaissant, m'humiliant constamment en public. C'était un acharnement. Je me confiai auprès de ma tante Henriette et lui fis part de la violence psychologique que j'endurais au quotidien. Ce n'était pas la première fois que je m'ouvrais ainsi à elle.

– Ah, si seulement ta mère pouvait te prendre ! fit-elle en soupirant.

– C'est parce que maman ne m'aime pas qu'elle ne fait rien, dis-je alors tristement.

Et tantine Henriette en bonne chrétienne élevée dans la sacralité du père et de la mère, dans les valeurs de respect et de l'amour inconditionnel que l'on doit à ses géniteurs, me reprit très sévèrement.

– Ne dis plus jamais ça ! Ta mère t'aime, c'est juste qu'elle a épousé un homme qui est mauvais. C'est lui qui ne veut pas qu'elle te prenne avec elle. Albertine a un bon fond (rien à voir avec la femme de ton père), elle traite les enfants de son mari comme s'ils étaient les siens. Mais il est vrai qu'elle devrait faire plus d'effort pour s'imposer dans son foyer afin de pouvoir te prendre ne serait-ce que pendant les vacances scolaires.

Je voyais ma mère de façon sporadique chez tantine Henriette où elle venait parfois. Nos rapports étaient dénués de toute chaleur. Il y avait chez elle cette douceur fade, cette absence de tendresse à mon endroit, ces silences béants, ces mots lâchés au compte-gouttes quand nous étions assises l'une à côté de l'autre. Quelle paradoxale et triste situation que la mienne : la femme de mon père en adoration devant ses filles jumelles me haïssait, et ma propre mère trop occupée à élever les enfants de son mari ne me témoignait aucune véritable affection. J'étais perdue entre ces deux extrémités.

Les jumelles obtenaient tout de ma marâtre. Elle était aux petits soins pour ses enfants, veillant à leurs intérêts, sans arrêt tourmentée par leur bien-être. Elle les gâtait, les dorlotait, leur donnait de l'argent de poche, les emmenait chez la coiffeuse le samedi, organisait tous les ans leur anniversaire. Il lui arrivait de prendre ses filles dans ses bras, de les câliner. Il y avait entre cette mère et ces petites une belle et étonnante complicité. Je les contemplais, envieuse et malheureuse à la fois, me demandant comment une femme qui savait faire preuve d'un si grand dévouement maternel pouvait en même temps se montrer aussi malveillante à l'égard de l'adolescente que j'étais. Comment fait-on pour haïr l'enfant d'un homme qu'on a épousé ? Si je me mariais à un homme, n'aimerais-je pas ses enfants, ne serais-je pas tout naturellement amenée à répandre sur eux l'affection que je porterais à leur père ? m'interrogeais-je gravement. Et je songeais à ma propre mère, cette femme qui aux yeux de tous était un parfait modèle de bonté et de douceur du fait qu'elle parvenait à maintenir l'harmonie dans son foyer et que ses beaux-enfants l'aimaient. Je pleurais souhaitant voir ma marâtre prendre exemple sur maman, et je pleurais encore davantage souhaitant voir maman m'adorer comme ma marâtre adorait ses filles.

*

J'étais parvenue à gagner l'admiration de mon père grâce à mes bons résultats scolaires.

« Cette enfant est remarquable ! disait-il aux amis et parents qui le visitaient parfois.

– Elle me fait penser à moi à son âge. J'étais très bon en maths et en physique ! »

Il était fier mais déplorait que je ne sois pas un garçon parce qu'une fille c'est instable, ça se laisse facilement distraire par les voyous, ça peut se retrouver enceinte avant d'avoir terminé l'école. Aussi ne s'avançait-il que très prudemment quand il professait que de tous ses enfants j'étais peut-être celle qui ne le décevrait pas.

Je fus d'abord flattée par ses éloges et cette façon nouvelle qu'il avait de me considérer, mais un jour que je rapportai une faible note en Anglais, il m'admonesta si fermement que mon cœur me rappela brutalement quelle avait été ma place pendant longtemps et dans quelle froide indifférence j'avais grandi. Cet homme ne m'aurait jamais regardée si je n'avais pas été une excellente élève. Ce n'était pas moi qu'il aimait. C'était mes résultats scolaires ; les appréciations de mes professeurs ; l'honneur fait au nom que je portais, le sien.

Plusieurs années plus tard, alors que je suis une adulte à qui la vie semble sourire et que tout le monde salue la belle réussite que j'affiche, il me reste au fond de l'âme cette blessure secrète que le temps ne guérit pas, cette peur affreuse de l'abandon et du rejet.

Mon enfance aura déterminé le cours de mon existence et la nature de mon rapport aux autres. Intimement persuadée que je ne valais rien et qu'il me fallait sans cesse donner de ma personne pour gagner les bons sentiments de tous, j'ai dû très souvent me dévouer pour autrui. Sois généreuse pour que l'on t'apprécie, sacrifie-toi pour qu'ils t'aiment, exauce tous leurs souhaits pour être considérée ! Telle a été pendant longtemps ma devise. J'ai embrassé un métier loin de mes réelles aspirations pour faire plaisir à mon père et continuer à jouir de son admiration. À ma mère, cette femme qui ne m'a point choyée, j'ai offert de coûteux présents et exhibé devant ses yeux mes succès et nombreux trophées pour qu'elle me remarque enfin. Et avec tous les hommes que mon cœur a aimés, je me suis conduite en femme fragile et quémandeuse d'affection.

Je n'ai toujours pas d'enfant, je tremble à l'idée de ne pas être à la hauteur et de ne pas savoir donner l'amour que je n'ai pas reçu.

Ma souffrance émotionnelle est vive quand je replonge dans le souvenir de ces années d'autrefois. Je porte en moi le poids des tristesses accumulées, l'amertume de ces longues journées où petite fille j'espérais que ma mère viendrait me chercher et qu'il y aurait enfin quelqu'un pour m'aimer.

FIN

À PROPOS DE L'AUTEUR

Ralphanie Mwana Kongo est originaire de Brazzaville. Elle est auteure d'un roman et de plusieurs nouvelles publiées dans la presse écrite. Sa plume a une vocation ouvertement intimiste ; elle explore les errances, confie les tourments existentiels et les maux intérieurs des héros de ses récits.